FRANZ RICHTER

AUF DER ATEMBRÜCKE VON A NACH O

Herrn Präside[nten]

Dr Walter Schuppich

zur Erinnerung

an die von ihm
im Sinne der Bona voluntatis
und der Objektivität
geleiteten HSV im ORF

dankbar

Franz Richter

letzte Sitzung am
9. Mai 1968

Franz Richter

Auf
der
Atembrücke
von
A
nach
O

Mit einem Nachwort von
Alexander Giese

VERLAG
NIEDERÖSTERREICHISCHES PRESSEHAUS
ST. PÖLTEN – WIEN

Die Titelgraphik sowie das Portrait des Autors auf der hinteren Klappe stammen von dem 1932 in Ilmenau/DDR geborenen akademischen Bildhauer Horst Aschermann.

ISBN 3 85326 765 3

1. Auflage 1986

Einbandgestaltung: Günther Kapaun, Wien

Gesamtherstellung:
Niederösterreichisches Pressehaus Druck- und Verlagsgesellschaft mbH, A-3100 St. Pölten, Gutenbergstraße 12

I

CREDO IN EXERCITIUM

Einatmen — ausatmen
atmen.
Einüben — ausüben
üben.

Was ich ausatme,
ist eine andere Luft
als jene, die ich einatme.
Was ich ausübe,
ist anders als das,
was ich einübe.

In dieser Differenz
zwischen aus und ein,
wo ich weder aus noch ein weiß,
liegt das Leben.

Übe es,
verübe nichts.

DIE BLATTHAND

Du, Lichtpflückerin, wie hast es erreicht,
die ganze Himmelsspanne einzuheimsen
in den einsilbigen Kern,
verständlich und genießbar für die Erde?

Niemals zugreifen.
Nur in der offenen Hand
schließt das Jahr seinen Kreis.

DIE WÄGUNG

Du verschwindend Kleines,
sei nicht kleinmütig vor dem Riesigen.

Gleichviel zählt
auf der Waage des Weltgerichts
die Lösungskraft der Ozeane
und die Lösungsbereitschaft eines Körnchens Salz.

Gleichviel zählt
der Widerstand des Felsgebirges
und die Sprengkraft einer Blumenwurzel.

Gleichviel zählt
die steinerne Geduld der Toten
und die brennende Ungeduld eines Funkens von Leben,
verlangend nach Zündschwamm und Flamme.

ENTTÄUSCHT

Du fragst und fragst
und hörst nicht auf zu fragen,
bis plötzlich im Windspiel
des Lichts mit dem Wolkennebel
es dich überkommt: staunendes Glück.

Und noch immer selig im Schauen,
fragst du: Bin ich nicht enttäuscht?
Wie soll ich jetzt noch
den Sinn vom Sinnlosen unterscheiden?

KRITERIUM

Ich lebe:
Welch millionenjähriger Aufwand
dieses Planeten!

Ich sterbe:
Welch unwiderruflicher Einwand
gegen all den vergeudeten Aufwand!

Wer aber wendet das ein?
Nur das Ich: ein listiger Vorwand,
um sich zu entziehen
dem Unberechenbaren der Seele.

DER JAGDHUND BELLINDA

Die Schnauze auf den Pfoten, schlafend.
Was ist dir, Bellinda?

Zuckt in den Beinchen die Treibjagd,
getrieben von dir selber aus innerstem Zubiß?

Wieviele Tiere mußten seit Jahrtausenden
immer lebendiger träumen,
damit ich zuletzt als Mensch erwachte!
Und auch du, Bellinda, mußt träumen
einen Hundetraum vom Traumhasen,
dem wir beide noch immerfort nachjagen:
Leibhaft hopst er dir in den Muskeln,
mir liegt er am Herzen, Traum an Traum.

DAS KLEINSTE VOM GRÖSSTEN

An meiner Hand ein Körnchen Staub,
vor meinen Augen der Sternenkreis.

Immer kleiner wird das Unteilbar-Kleinste,
unfaßlich für meine Finger.

Immer größer wird das Größte-Ganze,
unfaßlich für mein Auge.

Immer unerträglicher wird die Spannung
zwischen dem Kleinsten und Größten in meiner Brust.
Bis wir wissen, daß wir beides sind:
Sternenstaub.

VORSPRUNG

Gib auf, Achilles!
Zweitausend Jahre lang rennst du durch die
Lehrbücher,
durch alle fortschrittlichen Denkergehirne,
pfeilschnell, aber ohne nachzudenken,
wie sinnlos das ist,
Wettlauf mit einem Geschöpf,
dem der Vorsprung des Ursprungs gegönnt ist.

Niemals mehr holst du mich ein, mich,
die langsame Kröte, welche die Milliarden Jahre
hinter sich herschleppt.
Ich laufe noch immer. Achill, wo steckst du?

SIGNAL ANS UNGESCHAFFENE

1.

Welch ein Duft an diesem Morgen!
Und siehe: Der Duft ist Insekt geworden
und hat unter Blumen gewohnt,
ein verkündigender Engel
zwischen Blüte und Frucht.

2.

Sich verströmend, sich verlierend,
um im Samen der Dauer aufzuerstehen.
Was hätten wir an uns,
daß so sehr Seele wäre
wie an der Blume ihr Duft?

SPRENGSATZ

Tritt bedachtsam auf,
denn das Gedächtnis der Erde ist Stein,
immerfort bedroht zu zerfallen
in die Vergeßlichkeit des Sandes,
in Wanderdünen, die nur noch
den Wind von heute kennen.

Immer bedroht von der Vergeßlichkeit des Menschen,
der mit einem einzigen Sprengsatz
alle Satzungen dieser Welt auslöscht.

DIE GROSSE BOTSCHAFT DES WALDES

Weglos dahinziehen,
und mit jedem Schritt
deutlicher fühlen das Unbetretbare,
den anderen Zug der Stämme,
den Lichtweg, säulenheilig
in der Steigkraft der Osmose.

Aber hier der Samenflügel zu meinen Füßen,
ausgespannt vom horizontalen Willen,
seinem Stamm zu entfliehen
im weglosen Wandern mit mir.

Wenn du träumst, was ich träume,
und du träumst, was ich geträumt habe:
nennen wir's albern oder Wissen?
Nennen wir's Täuschung oder Verstehen?

TRAUM EIN LEBEN

Du rüttelst ihn nicht wach:
Eher stirbt er, bevor er die Augen aufschlägt.
Denn dieser Traum will Vision werden,
will versteinern, sich verdichten zu Bronze,
zu Worten, zu Monumenten,
die Leben verkörpern, ohne sterblich zu sein.
Dieser Traum weigert sich, unverwandelt zu erwachen,
und endet doch — o wie oft — im Fleisch,
das aus dir stammt und das du nicht bist.

PONTIFEX MAXIMUS

Zwei Glockentöne – Bim-Bam
zum Intervall verkettet,
zwei Pfeiler in der Luft – Bim-Bam
für die heilige Brücke
zwischen der Stirn, die nicht hört,
und dem Ohr, das nicht weiß.

ZWISCHEN SCHLAFEN UND WACHEN

Hin und her geworfen und dann liegengeblieben
zwischen den Fronten,
wo das Heer der Grillen haust.

Wer ist wessen Echo jetzt,
da halbwach im Halbschlaf Erde und Himmel
einander ergänzen zum Niemandsland
meiner flimmerzirpenden Grillensterne?

UNSCHÄRFE

Was wäre nicht Wolke?
Erscheinung, immer auf der Schwelle
zum Unsichtbaren, wogender
Körperhimmel, durchflammt
von der Sonne rotglühendem Herz?

AUF DER ATEMBRÜCKE

Scharfliniert ist der leere Raum
von der Fensterschräge des Lichtstrahls,
und feinkörnig flimmern die Korpuskel,
wenn ich erwachend die Atembrücke betrete.

Und den tanzenden Kosmos vor Augen
fühl ich meinen Anteil am Tod,
das mechanische Todsein, wie sich's da tummelt,
ewig agil, Sternenbahn meines Staubs,
fühl ich leibhaftiger als das Leben,
tief unter der Atembrücke,
schlafbefrachtet und vergessen.

ZWISCHEN TROPFEN UND MEER

Vor der Grotte durchscheinend blau
der Vorhang, das Rauschen des Meers.

Hier drinnen die verkarstete Finsternis,
tickend am Säulenhals eines Tropfsteins,
Nenne, zähle — — nenne, zähle — — nenne,
zähle — —
trommelt's uns seit Jahrtausenden
aus dem Dunkel ins Gehirn,

während draußen das Unermeßliche
leuchtet und strahlt.

MOLCHS ERWACHEN

Die Augen verklebt, den Rumpf übersät
von Moder, schlüpft er ins Wasser,
das ihm besser anliegt als seine eigene Haut,
hebt den Kopf, damit der Spiegelreflex den
dunklen Docht seiner Sehkraft entzündet
und ein Luftzug ihn ins Atmen mitnimmt.

Ist für dich kein Molch mehr —
sondern das Leben selber,
und du — das Leben selbst,
wenn du für einen Augenblick zum Molch wirst.

TOTALE MONDFINSTERNIS AM 4. MAI 1985

Was haben wir unserem Traumgesellen schon zu
bieten?
Nur den Schatten der Erde.
Das Licht kommt ihm von anderswo.

Und doch: dieser dunkle Finger,
mit dem wir ihn betasten,
welch eine Bezeugung!
Aus Scheibe wird Weltei,
vibrierend in hauchdünner Farbenschale:

Geburtsakt des Raums,
gezeugt aus Schatten und Licht
im Gelege der Nacht.

SARMATISCHES MEER BEI WIEN

Auf dem Riff eines Südmeers,
das keines mehr ist,
hüte ich, ein Hirte, der keiner mehr ist,
die Erinnerung an Scherbenhügel
ausgestorbener Welten, apokalyptische Endzeit,
die — umgewandelt zum blühenden Weinberg —
keine mehr ist.

Umhüllt von der Honigblüte der Wiesen,
fühle ich das Schwebende in mir,
flossenleicht rudern die Arme
durch die windgewellten Gräser,
ein Fisch, der keiner mehr ist.

Mit jedem Atemzug werde ich beatmet,
Mund an Mund mit der Erde,
ein Adam, der keiner mehr ist.

Millionenfach
durchwirkt von Abwesen bin ich einer,
der keiner mehr ist.

O Paradies, das keines mehr ist,
seitdem uns der Argwohn kam,
es könnte etwas nicht mehr sein.

MULTIVERSUM ODER UNIVERSUM?

O Herr, erlöse uns von den Punkten,
den dunklen Punkten in uns
und den strahlend hellen Punkten über uns.
Zukomme uns deiner Unpünktlichkeit
stetige Allgegenwart
in der Nähe aller mit allen,
und sei's auch nur in von uns erdachten Figuren
von Leier und Schwan, Kastor und Pollux,
einem Olymp, auf der Deponie
hingeschleuderter Sonnenmaterie.

DRUNTER UND DRÜBER

Fester Boden unter den Füßen?
In Wahrheit ein lockerer Schwingungstrubel
von Elektronen.

Über dir die strahlende Sonne?
In Wahrheit ein unerwünschter Atomreaktor.

Und dazwischen: Du,
der Erfinder der Stille,
jener Kulisse des Ohrs,
vor der die Gerechtigkeit ihre Pantomime tanzt,
figurierter Friede für dein ruheloses Gewissen.

CAMERA OBSCURA

1.

Hier unterm Sonnenschirm
wirft plötzlich ein großes Unbehagen
seinen Schatten auf das kleine Behagen des Schattens:

Denn für das Licht dieser Erde bedarf es
einer millionenfach größeren Sonne,
dem Schatten genügt ein dürrer Stab.

2.

Und irgendwo wird einer liegen
in der kalten Blindheit einer Kammer,
krank, verhaftet, wehrlos, einsam.
Doch da kommt Er,
treibt den schmalen Keil hinein,
immer tiefer in den Kubus seiner Finsternis,
sprengt sie, bis sie spaltenbrüchig,
ja vielleicht durchschaubar wird.
Keine Mauer der Finsternis ist so dicht,
daß nicht eine Lücke genügt,
die Welt zu malen.

DREIKLANG

Leichtentzündlich an der glimmenden Lunte
dieser Märzsonne in den Minenfeldern der Wiesen,
hochexplosive biologische Sprengkörper,
Samen, Zwiebel, Knollen, Ballungsenergie
mit der Information von Jahrtausenden:
Auferstehung als rebellischer Aufstand
aller lebendig Begrabenen.

Revoltiert die Schöpfung jetzt
gegen dich, der du bist?

Feiert sie die Flitterwochen
mit dem Bräutigam, der du wirst?

Führst du selber die Revolte an
gegen den Trachtenumzug,
gegen das ewig Gestrige der Ewigkeit?

Oder gibt dies zusammen erst die Dreiheit
im Namen des Vaters, des Sohnes und des Heiligen
Geistes?

SPIEGELBILDLICH

Im ovalen Spiegel sensibles Metall,
Grabbeigabe an das tote Gebirge
für den Blicktausch von Himmel und Erde,
von Jenseits und Diesseits.

Unzertrennlich, wie sie aufeinanderliegen
in heiliger Symmetrie, deren Achse
dir mitten durchs Herz geht.

PUPPE AUF RUSSISCH

Auf alten Dorfbazaren
ist's noch zu finden,
dies Spielzeug, wohlweislich
ersonnen fürs Demolieren.

Doch wie die Anfängerlust des In-Besitz-Nehmens
übergeht in die Begier des Auseinander-Nehmens,
da schlüpft auch schon aus dem kaputten Lackschurz
ein kleines Püppchen farbfrisch heraus.

Drängelt die Neugier aber noch tiefer und
verwandelt sich auch bei dem Tochterpüppchen
die Verletzung beglückend in Schwangerschaft,
so erweckt das Hoffnungen auf eine unendliche Reihe
der Puppenarithmetik mit ihrem Demolieren und
Verkörpern.

Doch die Summe bleibt immer endlich:
Die Menschheit.

AMOR FATI

Wohin drängt es dich:
Sammeln oder verströmen,
dich verfestigen oder verflüchtigen?

Entweder langhin glosen im dunklen Meiler
oder aufleuchten in offener Fackel,
entweder schrumpfen in trockener Destille
bis zum Urstoff der Knochenkohle
oder sich verflüchtigen bis zur Flammenkrönung,
feurig züngelnd auch noch als Schatten?

Entscheide dich rechtzeitig Tag für Tag,
für das, was dir zugeworfen,
für das, was dir genommen wird.

Nicht Meiler noch Flamme vermag es.
Erst deine Entscheidung
stürzt dich ins eigene Dunkel,
hebt dich ins eigene Licht.

AUF DEM HOLZWEG

Nutzlos wurmverbohrtes Holz, bis zur Brüchigkeit
durchlöchert:
Weg mit dir! Da, im Wurf, erblick ich die Zeichen,
die Hieroglyphen der Würmer,
springt er mich an, der Gedanke,
auch er ein leerer Wurmgang,
sich krümmend, sich windend:

Hohlform als Rückstand zweier Abwesender,
Pflanze und Tier, wechselseitige Angelegenheit
zweier Welten, die zueinander finden,
um gemeinsam zu entschwinden.

Denn was verbleibt dir vom Geist
in der Hand oder im Kopf?
Hieroglyphen, Wurmgänge im verbohrten Holz,
Spuren seiner Entrückung.

DAS ENDE DER HOCHZEIT

Sie haben keinen Wein mehr,
sagte Maria zu Jesus.
Und ein wenig später sagte sie dann:
Sie haben auch kein Wasser mehr,
keine Luft mehr, keinen Wald mehr,
keine Erde mehr.

Nicht mehr — Antwort auf das Haben,
das in mir viel zu viel war,
das auch du gierig verlangt hast.

Nicht mehr — hohles Echo,
wo Du und Ich ununterscheidbar verschwimmen
in dem gemeinsamen:
„Sie haben keinen Wein mehr."

PIETÄT

Wo Sokrates begraben liegt,
wir haben es vergessen.
Wo Laotse über die Mauer ging und starb,
wir wissen es nicht.

Ohne daß jemals ein Totenlicht
an Mozarts Grab geleuchtet hätte,
geht uns stündlich irgendwo
seine Sonne in A-Dur auf.

Um das Vergessen noch zu beschleunigen,
warfen wir Tempel in den Kalkofen,
machten aus Göttern Mörtel.

Schlimmer wär's, vergäßen wir jemals,
wo unser Atommüll begraben liegt,
solcher Mangel an Pietät
gegenüber unseren Verbrechen
träfe uns tödlich.

Atompest — verläßlichstes Erbe,
Vernichtungswille zum unsterblichen Denkmal
versteinert,
fluoreszierend auch dann noch,
wenn längst schon verwelkt ist
die letzte Jerichorose am toten Meer.

ZWEI KRIEGERDENKMÄLER IN EINEM ÖSTERREICHISCHEN DORF

Unterm Schutz einer grüngestrichenen Kanone
ruhen im Tal marmorumfriedet
unbekannte Leichen eines fremden Sieges.

Droben am Berg im hölzernen Kreuz
stehen die heimischen Namen derer,
die irgendwo verschollen und verscharrt
zu fremder Erde zerfallen.

Millionen Jahre wird es dann dauern,
bis der Berg zum Tal kommt,
bis die kadaverlosen Namen
sich den namenlosen Kadavern schenken. –

Diese versöhnliche Taufe in Staub wird
aber hinter dem Rücken der Menschen geschehen,
die viel rascher als sonst irgendeinen Besitz
die Toten den Toten überlassen.

GEOLOGISCHES SCHICKSAL

Schaumentstiegener Kalk,
aufgetürmt aus dem Meer,
dürstend und karg,
dornengestrüpp-umwuchert, mein Steinfeld,
größer nicht als das ausgespannte Fell einer Ziege,
und dahinter der Scherbenhügel,
Grab auf Lebenszeit, mein Haus.

Doch dort drüben — die anderen:
kauernde Kuppen, almenbegrünt,
großzügig gerundete Matten im Flor,
denn Granit nur mit seiner Härte
taugt fürs Mildsein
weiträumig sanfter Kadenz
von Hügel zu Hügel weiterschwingend
blondes Gekräusel im Schoß der Erde.

ERNTE

Gib und nimm
gib und vergib
vergib das Vergebliche
nimm das Vernehmliche
und sei's auch nur als Ahnung
dessen, was im Vergeblichen
die Gabe war

II

ZWEIMAL DU

War es noch Gebirge
oder schon Wolke?
Da erfand ich aufblickend das Du.

Aber auch geradeaus in deinen Augen
war Himmel:
Da entdeckte ich das Du.

Seitdem ich dich liebe,
sind Entdeckung und Erfindung
eins geworden.

DIE ANDERE VERGESSLICHKEIT

Wie strahlend und rein sie war
an diesem Morgen.
Eine schwache Stunde später
ist ihre Haut tätowiert
von den Brandmalen seines Besitzes,
seinen Einbildungen, seinen Grübeleien.

Doch was bleibt ihm davon?
Nur die Angst: wird sie jemals noch wiederkommen,
kann sie noch jemals wiederkommen
so wie heute morgen?
Und wenn sie käme: stammt dann
ihre Reinheit aus der Liebesleistung
des Vergessens, oder aus der Unschuldskraft
des Sich-nicht-mehr-Erinnerns?

LIEBESDUETT

1.

„Bis es zu dämmern beginnt.
Dann erst“, sagst du.
— — Ist’s hier nicht dämmrig genug?
„O nein“, böse siehst du dich um.
Und da ist er, dein Schatten,
schön und kräftig konturiert,
wie von einem griechischen Vasenmaler
in den Sand gezeichnet.
„Schau nicht hin“, rufst du,
glühend vor Scham oder Abendrot.
„O diese Schattensprache mit ihrer
scharfen hinterhältigen Zunge,
die alles aufbauscht. Warte ab.“
— — Was sollen wir abwarten?, frage ich ungeduldig.
„Warte, bis Du und Ich
keine Voyeurs mehr sind.“

2.

„Du hörst mir nicht zu“, klagst du.
— — Und ob ich dich höre,
die Reinheit deiner Silbenintervalle,
als hättest du den Zungenschlag
einer sprechenden Wachtel.
„Aber du hörst nicht auf das,
was ich dir sage“, klagst du.
— — O doch. Nur sagt deine Stimme
den Worten mehr als alle Worte
deiner Stimme zu sagen vermöchten.
„Von woher sollte es denn
meine Stimme wissen?“ ärgerst du dich.
— — Deine Stimme weiß es von einer Stimme in dir,
die noch den Klang im Ohr hat von damals,
da Grammatik, Akustik und Logik ein und dasselbe
   waren,
fast wie bei den Vögeln.

3.

Oh dieser Smaragd, dieses Familienerbstück!
Mit ihm verglichen hänge ich dir,
ich weiß es, wie ein Kirtagschmuck um den Hals.

„Eifersüchtiges Dummchen“, sagst du,
„wollen wir versteinern, um so echt zu sein
wie nur Steine es zu sein vermögen?“

WIE NENNST DU DAS?

Wenn wir im Kampfrausch trotziger Selbstbewahrung
unsere Wirklichkeiten wie Rapiere tauschen
und der Sieg, wer immer ihn erringen mag,
unteilbar bleibt wie eine Umarmung?

LETHE

Zwischen den Ufern meiner Arme
fließt dein Schlaf,
der Strom deines Vergessens.

Da stöhnst du auf. O ja!
Du erinnerst dich jetzt, weißt all das,
was ich an dir vergaß.
Was soll ich nur tun mit der bösen Chimäre,
als die ich mich über deine Tiefe beuge?

Doch sanfter geht dein Atem,
und wie die Uferweide mit den spiegelnden Wassern
tauschen mein Wachen und dein verzeihendes
   Vergessen
treulich Schatten und Licht.

BERCEUSE

Hellwach wie der Mond
schaue ich durch tausende Fenster,
sehe sie in den Betten liegen,
die vielen, vielen Gleichungen
mit zwei Unbekannten, die einander
vielleicht ebenso unbekannt sind wie mir.

Ich sehe und suche, denke und rechne,
bis ich uns zwei finde, Lösungspaar,
unlösbar gültig für alle Unbekannten
unter dem Mond.

BIOLOGISCHES STÄNDCHEN

Komm, scheu nicht zurück!
Wo sonst noch fände der unermeßliche Himmel
ein so überzeugendes Modell seines Umgreifens
wie in unserer Umarmung?

Komm, scheu nicht zurück!
Jede Zärtlichkeit vergewaltigt
und wütet gegen unsere Konturen.
Wie aber sollte die Seele,
dieser späte Ankömmling auf Erden,
den Einstieg finden ins Innere der Schöpfung,
die ihr vorausging seit Millionen Jahren
in den Honigkelchen der Blumen?
Nur in der Zärtlichkeit,
wo Bote und Botschaft verschmelzen
zu einem einzigen Zeichen.

MADONNA LACTANS

Abendlicht – verblutend am Wasser,
zerrieben von Staub und Dunst.
Dunkle Körner fallen aus strahlender Schale.

Und unter dieser Erde im Himmel –
der Himmel auf Erden,
die andere Wahrheit,
wie sie Wasser und Blut bindet
zum Lilienweiß der Milch.

Wann werden wir zwei einmal ganz für uns sein?
Schicken wir sie doch fort,
unsere Tanten, Gouvernanten,
Anstandswauwaus, die ihr Schmarotzertum
als Gesellschaft, Kultur oder gar Religion
ausposaunen.

Schicken wir sie fort in die Hochburgen
oder ihre Schunkelkeller,
machen wir uns doch endlich frei
von den intriganten Hirngespinsten —
und wir werden einander ansehen,
erstmals nackt anfassen,
du hier mein Körper und in ihm meine Seele,
unzertrennlich und doch so selten zu zweit,
wir werden uns aufrichten vom Boden
unseres gemeinsamen k.o.
werden uns beide aufheben, in uns aufheben,
des einen Minus-, des anderen Plus-Unendlich
zur absoluten Unendlichkeit der Null,
in der wir unser sind.

Zweitausend Jahre später sagte man dazu:
„Erstes Hervortreten der Bewußtseinswelt."

Damals aber geschah es folgendermaßen:
Ein Aufrechter geriet an einen Engpaß,
an die Horizontale, an eine, die ihm
auf allen Vieren anlächelte
als Schlaf, Tod und Zeugung.
Doch er, der Aufrechte, zahlte ihr nicht
den Tribut des vierfüßigen Menschseins.
Sein Jünglingsblick drehte die Frage um:
„Ist dein sphinxisches Bündnis mit dem
Rätsel nicht bloß Chimäre?"

Erschrocken gab sie den Paßweg zum Wissen frei.
Aber wem? Dem Vatermörder, dem Muttergeliebten,
der sich als Heilbringer mißverstand,
an dem rückgängig wurde,
was ihn über die Sphinx hinaushob.

Wieviel Nichtverstehen ist notwendig
für jegliches Verstehen?
Ist die Tragödie des Verstehens nicht immer
größer als das Mißgeschick des Nichtverstehens?

GRENZÜBERGANG

Soeben war ich noch zu dümmlich
für die Freiheit,
und schon bin ich zu altklug
für das Glück.

Soeben war ich noch ein Rohling,
zu spröd für jegliche Form.
Und schon bin ich ein Schönling
allzu rund in meiner Rolle.

Ich — sprudelnde Fehlerquelle
von noch nicht und nicht mehr,
von zu wenig und zu viel:
Wer trocknet sie aus?

Vergrößere das Kleinere,
verkleinere das Größere,
bis die Gegensätze ineinander verschmelzen:
Erst im Verschwinden trittst du ein.

DIVINA COMMEDIA

In deinem Stück, mir auf den Leib geschrieben,
in meinem Stück, nur für dich ersonnen:
unsere beiden Hauptrollen
unter Ausschluß des Publikums.

Und dann im überfüllten Welttheater
so viele Nebenrollen!

Wir kleinen Akteure, belehnt mit dem Vorrecht,
gelegentlich uns selber zu gefallen,
bis er plötzlich da ist, der stille Erfolg:

Nur Stücke spielend sind wir,
sind wir das Ganze, das wir wirklich sind.

ZEITMASS

Auch in dieser Nacht
ist am Himmel die Zeit – Zeitmaß,
gefüllt ins silberne Horn des Monds.

Nur in uns, maßlos beschleunigt,
stürzen sich brausend, drängen sich
tausende Jahre durch eines Augenblickes
engen Querschnitt.

ABGÜSSE

Schlafend Arm in Arm
einer des anderen Abguß.

– Wo aber ist das Original,
dessen Abguß wir beide sind?

Eng aneinander gepreßt,
schlafend Arm in Arm
sind wir einer des anderen Original.

TRAUUNG VERSPÄTET

Mit jedem Jahr noch kühner,
noch gefährlicher, noch schöner!

Was soll uns da noch das wilde Hasardieren
im verliebten Glücksspiel des Gebens und Nehmens?

Seitdem wir einander erobert haben,
ziehen wir auf gemeinsame Eroberungen aus:

von den weißen Flecken des Globus
zu den schwarzen Flecken im Sonnengeheimnis,

sind jetzt erst ermutigt zum äußersten Wagnis
der Trauungsformel, immer auf Ja zu setzen:
Ja zum Ja, Ja zum Nein.

UND

Vielleicht schon morgen schlachten wir
zwei Ausgedingler unseren letzten Hahn.

Doch heut noch schwingt er die Flügel,
schwillt ihm der Kamm, lockt er zum Futter,

lebt mit uns und wir mit ihm in der
Paarigkeit alles Lebendigen und Unlebendigen.

Und doch ist da etwas, das uns zwei anders
durchströmt als die Saugkraft von Pol zu Pol.

Denn zwischen uns beide schiebt sich
das epochale Wort, die Partikel des Unlösbaren,

kopulierend Sonne und Mond,
Yin und Yang, Adam und Eva,

wesenhafter als alle Wesen, als Du oder Ich:
das UND, weiblicher Logos vom Endziel der Welt.

SCHATTENWUCHS

Wie tief sie wurzeln,
die Schattenbäume, bis hinab
ans tote Wasser vom zureichenden Grund,
doch noch einmal zu leben.

Wie langsam sie wachsen,
ohne des wurmstichigen Wissens
verfrühtes Grün,
das schneller fault als reift.

Wie langsam sie reifen,
die Schattenfrüchte mit dem Steinkern,
seinem Öl, duftend nach Erinnerung.
Und erst der Frost treibt etwas Süße
unter ihre violette Haut.

LETZTER ANSTIEG

Nun wird es Zeit:
Das Messer des Nein ist stumpf geworden,
die Gabel des Ja
hat Zarke um Zarke eingebüßt,
nur noch der Löffel
nützt dem zahnlosen Mund
mit verquollenem Brei.

Nacht für Nacht
trommelt das Herz zum Sturmangriff
auf die feindliche Luft,
und für den Tag erschöpft
bleibt nichts als die Tischplatte,
um hinter den Papierwänden der Zeitung,
geschützt vor der Ewigkeit,
ein wenig zu zelten,

bevor das äußerste Wagnis beginnt:
in Gebieten zu überdauern,
für welche du nicht geschaffen bist,
für des Sessels allzu aufrechten Sitz,
für die zu hohen Stufen der Straßenbahn.

Schwer schleppst du an den Zusatzgeräten
deines Leibs, dem Katheder, der Sauerstoffbombe,
die es dir erlaubt,
noch in die Todeszone aufzusteigen,
zur Tektonik des Schweigens
in den Häuptern heiliger Berge.

Und wenn du auch hilflos
in den Fauteuil dann einsinkst,
es ist dir nicht anders zumut
als den jugendprallen Steigern
in den Schneesturmwächten des Himalaja.

Nur noch ein Wort
hinüberzubringen über der Gletscherzunge
vereisten Hohn, über die zerklüftete Sprache,
der ehemals lückenlos fließenden,
dann steigst auch du aufs Dach der Welt,
zur Mutter der Berge, zum Wolkenvater.

Aber ist nicht schon längst
jeder Handgriff zum Klettergriff geworden?
Er kann dein letzter sein,
wenn du nicht einer der Gerechten wirst
zwischen dem, was du kannst,
und dem, was du nicht kannst,
zwischen dem Gewordenen
und dem Ungewordenen in dir.

III

TROCKENE FORMEL $y = 2px$

Ein Mann aus Port Royal stieg nieder
in das weite Gartenparterre,
um zu lustwandeln an einem Morgen im August,
aber er kam über den Springbrunnen nicht hinaus.
Denn für ihn, den Franzosen und Jansenisten,
war Genießen und Grübeln ein und dasselbe.
Und wie vor ihm der gebündelte Strahl
sich auffächert und in feuchten Funken
in der Bläue des Teichs verlischt: da erschrak er.
Denn das war sie, die unsichtbare Hand,
die nach ihm griff, die Hand Jahwes
wie zu Belsazars Zeit
in der nächtlichen Halle von Babylon:
der schreibende Gott
mit seinen heiligen Schriften und Zeichen,
mathematisches Menetekel an der Himmelswand.
Parabel, die niemals naß wird,
unbenetzbar von Tropfen,
vom Aufstieg und Fall des irdischen Wassers,
ewiges Siegel alles Sichtbaren, ohne irgendwo
eine Spur zu hinterlassen als in unserem Gehirn.
Was hat sich seit Babylon geändert
mit dem Wasser, mit dem Brunnen, mit uns
Menschen?
Noch immer Belsazar, lebensberauscht
und voller Hohn gegen jede trockene Formel.
Noch immer Mörder, die sich für Gottesknechte
halten,
und den König am Höhepunkt seines Dünkels
erschlagen.
Und in dieser Löwengrube immer nur ein einziger,
der seine Angst überwindet, dankbar für die Figur
des Gesetzes an der strahlenden Himmelswand im
August.

DIE LEGENDE VOM ZUFALL

> Gott würfelt nicht, sagte der
> große Physiker.
> Und er würfel doch, fügte er
> fast unhörbar hinzu.

Und wieder erging ein augustäischer Befehl,
zu zählen das Weltreich für eine Statistik.

Und von den Atomen bis zu den Sternen
gingen alle hin, um sich aufschreiben zu lassen,
damit daraus errechnet würde das Wahrscheinliche.

Da geschah das Unwahrscheinliche:
Gott ist Kind geworden und würfelt —
o glückliches Brettspiel der Kinderjahre —
mit dem blinden Zufall um das Licht der Augen
von eins bis sechs, würfelt um die Augen des Lichts
in den blinden Zellen, wo das Leben lebenslänglich
gefangen sitzt.

Und ich, wie Simeon im Tempel,
frohlocke, daß ich das wachsende Heil
noch erblicken durfte,
denn das Menschlichste an uns, das Spiel,
ist das Göttlichste an Gott.

JAKOBS TRAUM

1.
Damals in Bethel taugte –
wie die Bibel ausdrücklich berichtet –
nur ein Stein zum Kopfkissen
für einen jüdischen Schädel.
Denn auf beiden lastete schwer
die Verheißung aller Völker und Geschlechter,
Erfindertraum vom Aufstieg,
Sprossenleiter, die an Wolken lehnt.

2.
Seither braucht es – dank Jakobs Kindern
Baruch Spinoza, Niels Bohr und Albert Einstein –
für den Einstieg in den Himmel kein Bethel mehr,
ist keine Lücke der Vernunft mehr erforderlich,
kein Loch mehr, wie es arme Kirchenmäuse
vor lauter Hunger nagen.

3.
Doch, o Schrecknis:
Was ist aus dieser Feuerwehrleiter geworden,
mit den rettenden Engeln Jakobs,
da die Welt jetzt brennt?
Und die Leiter noch immer zu kurz ist,
als daß wir das hirnverbrannte Dach erreichten
und löschten?

4.
Wie lange noch werden wir sie vor uns herschieben,
die Leiter des Sisyphos, Sprosse um Sprosse,
bis sie wieder an den Wolken lehnt
wie damals in Jakobs Kopf, als er selig schaute,
schlummernd auf hartem Stein.

FLAGGENTAGE

Brandfarben der Gesinnung
qualmen aus allen Fenstern,
verdecken in Winde flatternd und plodernd
den Himmel und werden erst eingerollt,
wenn es draußen zu brenzlich wird
oder drinnen den Brandfarben
der Brennstoff ausgegangen ist bei den Kohlenhändlern.

In glücklicheren Zeiten bewimpeln nur
die Gebäudeverwalter dienstlich
die Altersheime der Gesinnung,
Parlamente und Ministerien
zur silbernen Hochzeit,
beflaggen sie mit ein wenig Rot,
dem Jungfernblut vor so vielen Jahren,
mit ein wenig Weiß, der unfreiwilligen Unschuld
eines geistig frustrierten ewigen Brautstands.

1.

Streck sie nur heraus, deine Zunge,
sieh sie dir an und sage laut „A“.
Milliarden Jahre lang hat sie
am Mahlwerk der Zähne kuschend gefront
als Förderlappen des Schlunds
für die dunkle Verwandlungshöhle des Bluts,
bis der Leibknecht endlich revoltiert
gegen sein Schweigen und im Gegenstoß
den Schrei, den Laut, das Wort emporwürgt
und als Gewöll von Milliarden Jahren das
  Unverdauliche
herausspeit: deine Seele.
Streck sie nur heraus, deine Zunge
und sag „A“ zu diesem „O“.

2.

Streck sie nur aus, deine Hand,
sieh sie dir an, diese Harke, diesen Hammer,
Kelle und Kneter, Zange und Stift.
Wie viele Fertigkeiten mußt du mit ihr üben,
Jahrtausende lang, bis das Unvollendbare
des Menschseins dein gutes Recht wird.
Wieviel von all dem, was sie nicht ist,
muß sie sein, bis du eins mit dir selber wirst.
Streck sie nur aus, deine Hand,
greif in die Luft, bis sie das gegenstandslose
Werk vollbringt: den Segen.

DER VERFÜHRER

Die Butte am Rücken,
den Rechen geschultert,
zog er sich zurück ins Haus.
Ich konnte nicht ausnehmen:
War es Hermann Hesse, war's der alte Voltaire,
vielleicht auch Epikur, in sanftmütiger
Oktoberweisheit des Gärtners,
der alles Unkrautjäten schon längst hinter sich hat.

Aber die Rosen! rief ich ihm nach.
Aber die Rosen! Jetzt, da auch das Wasser
gebrechlich wird und der Frost die Halme vergläsert.
Was geschieht mit den Rosen?

Du hast sie verführt zum Blütentaumel,
der über ihre Lebenswahrheit
frucht- und ziellos hinausschwärmt.
Du hast die Gewöhnung ans Beet
bis zur Verwöhnung gesteigert.
Du hast sie mit ihren Möglichkeiten überzüchtet
und sie ins Unmögliche verhext.
Wer kann die Natur noch aus der Kunst erlösen,
aus der es kein Zurück mehr gibt?

Aber die Rosen! schrie ich ihm vergeblich nach.
Eher werden sie im Schnee sterben
als aus dem Traum ihrer tausend Blätter erwachen.

Kehr um, du unnachgiebiger Züchter,
kehr um, zurück zur Natur!
Wo aber ist sie jetzt hingeraten?
Vielleicht wirst du sie in dir selber,
in deinem Geiste suchen müssen.

BEIM ROSENSCHNITT

Warum wäg ich entschlußlos
in meiner Hand das Gartenmesser?
Ist es noch Werkzeug? Oder schon Waffe?

Gibt es überhaupt ein Werk,
ohne Waffengewalt des Werkzeugs
kampflos den Dingen entsprungen?

Gibt es ein Ding,
das ohne den Beistand des Werkzeugs fände,
was versenkt wie ein Schatz in ihm ruht?

Was also hindert mich zu schneiden?
Nur hinter kahlem Schnitt staut sich
unverbrauchbar die Kraft für die pralle Knospe,
steigert mit gedrosselter Zukunft
den Willen zur Blüte.

Welche Kunst auch immer:
jede spielt mit Messer und Mord,
um ihr besseres Teil zu retten
aus dem Blut des Opfers.

Wer aber könnte den Opferpriester vom Mörder
jederzeit unterscheiden?
Wer vermag mit Zuversicht die fehlende Sicht zu
ersetzen?
Tätige Zuversicht – tätlicher Wahn,
wo verläuft die Grenze zwischen beiden?
Die Rose hütet ihr Geheimnis.

Walter Sachs (1901—1985)
zum Gedenken

„Keine Feuerbestattung im Garten! Alles ist kompostierbar!“, so kündete mir der alte Gärtner vor vielen Jahren. Ich hab's behalten und nicht befolgt. Und nun seh' ich ihn wieder, wie er in einem abgelebten Blätterhaufen die Novemberflamme schürt. „Es sind meine Lieblinge“, versucht er eine Entschuldigung.
„Schau sie dir an, die Sonnenblume, das Schilfrohr, den Liebstöckel. Wer in den paar Monaten das alles, fast zwei Meter hoch, aus der Erde ballern muß, hat mit dem Wachstum und dem Werden so viel zu tun, daß er gar nicht auf den dummen Gedanken kommt, das Sein sei das, was es ist. In einer knorrigen Eiche jedoch erreicht dieser Aberglaube mit den Jahren Monumentalität, verführerisch für die Architekten von Völkern und Tempeln. Und dann gar erst der Lebensbaum, diese hölzerne Erfindung eines biblischen Oberförsters, dem es gar nicht um das Leben geht, sondern um Festmeter. Das wahre Leben ist eine Blume und verholzt nicht.“

Im nächsten Jahr war er tot. Wenn ich jetzt ein Blumenrohr sehe, denke ich manchmal an 85 Jahre als einen einzigen Sommer des Werdens.

UND IMMER WIEDER DER SECHSTE TAG

Schon hatte ich das Land vom Meer,
die Erde vom Himmel getrennt,
aus Wolkenhöckern stolze Kamele,
aus dem Abendglühen Feuervögel geschaffen,
da wurde ich, der geborene Gott,
getauft mit Eiswasser
und erhielt den Namen „Mensch“,
Bewußtseinsmodell
für all die großen Dinge,
für die er viel zu klein ist.

ZUVERSICHTLICHE VISION

Zwischen den langen Atemfäden des Spinnennetzes
hängen die feingemaserten gläsernen Häute
von hunderten abwesenden Mücken

Flügel an Flügel so säuberlich gereiht
in der Garderobe des Todes, daß du plötzlich
überzeugt bist: Ja, es wird und muß geschehen:

am Ende der Vorstellung die Rückgabe
all der Flügelmäntel an das heimflutende
Publikum der goldenen Spinne.

Schon drei Tage lang dicke Regenschnüre vorm Fenster,
trostlos, doch nicht tauglich zum Erhängen.

So öffne ich, zu einem Fluchtversuch aus diesem Waldhaus,
das Garagentor. Doch da steht er und gebietet. Nein!

Ihm, dessen wehrlos unbeholfenen Leib immer noch
magische Zeichen mächtig prägen,

facht das Feuchte sein Feuer an, glimmt auf
schwarzem Grunde schwefelig weiter

immerfort suchend nach Maden und Schnecken
unter Gewurzel und Gestein,

bis er vor meinen Zweckbau gerät, den er mißversteht
als mütterlich bergende Konche.

Unerschrockenheit seiner Drachenahnen läßt
sein Haupt ihn wider mich erheben.

Blick in Blick mit ihm erkenne ich die Schwelle, welche
hier zwei Äonen voneinander trennt.

Denn jetzt, da Land und Meer geschieden sind,
ereignet sich nur in ihm, dem Landschwimmer,

heftig schlängelnd bei Regenschauer, der Liebesakt
zwischen den beiden gegensätzlichen Elementen,

strampelt sich in ihm die tausendjährige Dialektik ab,
aus der ich zufolge meines Mangels an

amphibischem Charakter jählings zu entfliehen trachte,
bis er sich mir gewissenhaft entgegenstemmt

und vordringt in diese betonierte Allegorie
seiner heimischen Höhlung im Karst.

O dieses Hungerlabyrinth, madenlos, steril, böse
Falle, aus der nur ich, Urheber und Korrektor

solchen Übels, als Schutzpatron der Salamander,
ihn auf einer Kehrichtschaufel flott befreie.

Er jedoch, uneinsichtig verbohrt in seine Tradition,
signiert das Blech mit wütend strampelndem Giftgelb

und findet erst im Regengrün langsam zurück in die
Gewißheit seiner längst verschütteten Heimat.

Hörst du sie brummen? Dämmerlau schwelt es, bis der
Feuerquirl aus abgehäuteten Larvenjahren
sirrende Funken schleudert.

Hörst du, wie sich das Nocturno in die siebente Himmels-
oktave hinaufschraubt, Diskantlage der Moskitos,
Flimmerkoloratur der Gelsen?

Mückenmusik, die so lange an deiner Haut kitzelt,
bis dein Trommelfell auch sitzhälftig
vernimmt den Juckreiz himmlischer Chöre.

Und jetzt, von Bissen gebörtelt, vermagst du
an deinen Dippeln hochzurechnen, wo sie liegt,
die Majorität milliardenjähriger Theokratie.

Was bedeutet da noch das menschliche Bewußtsein,
wenn dich nur noch der Wunsch beseelt,
es abzukratzen von deiner Seele.

Ein Stich mit zarter Kanülle genügt, dein Hirn zu vernarren.
Die Maulfeile eines Zecks ritzt Eiweißtürme,
daß du wankst im Wechselfieber.

Allerorten kribbeln die blinden Passagiere der
Blutbahn, bis eine Laus die Revolution entscheidet,
dem Perückenlöwen vermiest den barocken Prunk.

Schon als Kind bei meinen Etüden der Grausamkeit
mit Kugelkäfern, den Spielbällen des Hasses,
hatte ich ähnliche Schwierigkeiten

wie die Theologen mit dem Gott der Flöhe und Wanzen,
diesem stotternden Schöpfer, der nur
segmentöse, in der Ratenzahlung

kurzer Leistungsschübe auf Stummeln, auf
Borstenbeinchen daherkriecht, bis er die optische
Litanei der Tausendfüßler aneinandergestoppelt.

Welch Zukunftsgrauen ist hier schon perfekt verkörpert:
Wir, wie wir sein werden, entfremdet zur Hochleistungs-
maschine, antennengesteuerte staatliche Intelligenz.

Nirgendwo ein Konsumartikel, ausgenommen ein paar Melkläuse!
Denn der Staat rüstet unaufhörlich, um heuschrecklich
mit seinen Geschwadern die Sonne zu verdunkeln.

Wie kindlich bemüht ist doch der andere Gott,
der die Kuckucksuhr aufzieht für das Reh
und den Luchs, damit sie das Zählen lernen.

Aber leider erbrachte Charles Darwins affenartige
Weisheit den unwiderleglichen Vaterschafts-
nachweis in dem Zivilprozeß

mit Mutter Natur: Nein, sie ist keine Hure.
Wir alle haben einen Vater, immer denselben, ob Reh,
Wanze oder Spinne im Telefonnetz.

Und dieser Vater redet uns zu im Rauschen seines
allmächtigen Stammbaums von der Amöbe bis
hinauf zur evolventen Eiche Dodonas!

Redet und rauscht, mag auch der Paradiesbaum
längst schon kahlgefressen sein von der
Erkenntnisgier professorischer Adamiten,

rauscht und redet mir zu, mich, auch als Warmblütler,
für die Maden ohne Blutkreislauf zu erwärmen,
für die arbeitsteilige Ameisenkommune,

für die kosmische Majorität des linkslastigen
Naturreichs mit seinem hochentwickelten
Werkzeugsbewußtsein in einer totalen Arbeitswelt.

Längst schon habe ich meinen Hund auf und davon gejagt,
diesen Erzreaktionär: Möge er anderswo seine
Stempelmarken ablecken und aufkleben,

diese Ur-Kunden aus Urin und Fäkalien,
mit denen er jedes Terrain prompt für sich
kolonisiert und von anderen Hunden befreit.

Denn auch noch dem zausigsten Straßenköter
tropft die Seele eines blonden Herrenhundes
eigentumsbesessen aus dem Penis.

Hunde, wollt ihr ewig leben? Seht doch mich an,
mich, geöffnet für die Prozession der Spinner,
Raupenschlepper ihres Mastschlauchs.

Nur ihnen ist's bisher gelungen, die Larve vom Gesicht,
den Unter- vom Oberbau, den Leib von
der Seele säuberlich-exakt zu trennen.

Laß den Larvenkörper sich zum Spezialisten des Fraßes
entwickeln, laß ihn sich mästen in der
Identität von Dasein und Darmzotteln,

unbehelligt davon wird ihm die Flügelseele entflattern
hin zur Sommernachtsbühne ihrer Blumenträume
und dort am Liebestod libellenschlank zugrunde
gehen.

Zwischen dem Freßsack des Leibs und der Flügelseele
steht oder schaukelt die Puppe, Wiege und Sarg zugleich,
denn zärtlich zehrt sich der Wurm

dort selber auf, studiert seine Speisekarte
zugleich als sein Gebetsbuch, in dem er
die Rezeptur für die allerletzte Wandlung abliest:

Dies ist mein Fleisch, dies ist mein Blut,
das ich esse und trinke, ein Leichenschmaus,
Abendmahl, von mir allein für mich gedeckt.

Nur als Retortenprodukt alchimistischer Selbstverdauung
gelingt die färbigste Auferstehung: ein Schmetterling
gaukelt empor und geht in die Erkenntnis der Luft ein.

Und wir, zum Einssein mit uns selber berufen,
aber unfähig, so viel Bewußtsein zu sieden,
erfinden den entscheidenden Trick:

Wir stellen Ganzheit dar, ohne sie zu sein.
Wir nennen es Kultur und spielen
mit Larven um unser wahres Gesicht.

Und aus alldem, was wir uns wechselseitig vorspielen,
wird plötzlich ein Vorspiel zur Puppenkomödie,
gezogen an den Fäden fliegender Engel.

KENNST DU DAS LAND ...

Land der Terroristen und Tenöre,
zwischen denen nur die Primadonna
sieghaft groß erhobnen Arms vermittelt
mit dem aufgespießten Notenkopf,

sie, Kopfjägerin des Hohen C im
Haupt des Holofernes, voll der Immanenz von
Tod und Tönen, Opernkult, blutmächtig
auf dem Bühnenaltar der Arena.

Dort, wo ehmals heilige Asketen
brüllenden Gladiatoren ihre
Glorie des schönen Sterbens
streitig machten, dort lehnst du

an der öligen Lasur der Luft,
hüllst dich nicht nur in den warmen Sand,
schwingst die Schattentücher, die aus
Schulterhöhe der Ruinen majestätisch niedergleiten

dir als Toga um die Hüften, fühlst dich eingebürgert
in das Weltreich der Cäsaren.
Denn entweder sind wir alle Statisten — oder keiner.
Ist jeder ein Zeichen — oder es gibt kein Ganzes.

Unaufhörlich aber dreht sich unser
Tierkreiskarussel im Tivoli durch den
Bombast der Kinoorgel und den Feuerregen
eines chinesischen Drachenhimmels,

bis der sympathische Abruzzenräuber,
immer opferfreudig um die ausgleichende
Gerechtigkeit besorgt, nun als
Kommunistenhäuptling aufersteht,

traditionsverbunden, wie er ist,
und all deiner bösen Taten eingedenk,
die Pistole nach altem Mafiabrauch
mit einer dicken Männerträne vorderladert,

zu guter Letzt dann reuzerknirscht
deinen Schutzengel um Verzeihung anfleht,
ehe er dich, Ausbeuter du und Bourgeois,
endlich wie den Hasen übern Haufen knallt.

Anonymer Sprengstoff aber, irgendwo vereinsamt
lauernd im Tunnel, solche Untat
ist fremdkörperlich wie einst die Gotik,
die trotz vieler Dome niemals heimisch wurde,

eingeschmuggelt wie Marx und Hegel,
germanischer Unendlichkeitswahn, politische
Tristanharmonik, suspekt dem plastischen Familiensinn
eines Carabiniere mit weißem Handschuh.

Denn wie zum Glockenschlag der Weihrauch
fügt sich Pulverrauch zur Schießerei:
Aug in Aug verabreichte Kommunion,
versöhnlich für den Mörder und sein Malheur.

Dahin laßt uns ziehen . . .
Zum hochgesockelten Ringelspiel „Garibaldi“,
Technik in der Spielart der Kinder,
allesamt begabt dafür, das Gefahrenwerden
ins selbständige Steuern umzudenken.

Dahin laß uns ziehen, wo noch jede
kleine Kellnerin dich durch die Lagune
eines ausschweifenden Muranolüsters
sanften Wimpernschlags hinübergondelt.

Dahin geht seit Jahrtausenden dein Weg,
du Gote, blasser Barbar
mit deiner zerknüllten Marketenderin.
Heilge Marmorbilder sehn euch fragend an:

Was hat man dir, du armes Kind, getan?

IV

SIGNATUR

Vielleicht hast du ihn noch niemals gesehen,
diesen Fingerzeig deines Fingers,
dreigliedrig, dreieinig,
um Dreiklänge zu fassen,
um dreidimensional zu umgreifen.

Vielleicht bist du noch niemals
dieser Spur nachgegangen,
der Spur von fünf Zehen,
vergleichende Anatomie aller Wege
vom Sumpf des Lurchs
bis auf den Fels von Sinai
mit seinen fünf Gottesgeboten
und den fünf Tugenden
im Umgang zwischen Männern und Frauen.

Vielleicht hast du ihn noch niemals gefühlt,
den goldenen Schnitt in dir,
die Richtgröße des aufrechten Baums,
deines Ich-Stammes, durchkreuzt
von der Spannkraft der ausgebreiteten Arme.

All das kannst du an dir ignorieren
wie deinen Blinddarm, aber nur solang
er nicht entzündet ist.

SANKT HUBERTUS

Ich brachte mein Gewehr in Anschlag.
Doch er kam mir zuvor.
Sein Blick traf zuerst,
ein Blick aus seinem eigenen Geweihwald,
jährlich aufgeforsteter Lebenswille,
Stoßkraft, aufgestockt
weit hinaus übers Nützliche.
Ein Über-Schuß. Wohin zielt er?
Diese kopflastige Figur, die in ihrem Stirngeäst
symbolisch den Hochwald balanciert? Auf mich?

Was hätte ich entgegenzuhalten?
Ein verquollenes Wort: „Natur . . .?“
Oder im klaren Gewehrlauf meine Denkpatrone?
Einen Tod, der gegenüber dem Ewigen
immer zu kurz kommt.

ADVENTIVKNOSPE

Weiß und Schwarz, zwei Farbtöne des Schweigens,
besiegeln ihr Bündnis im Schnee,

bringen Glanz und Finsternis unter die Haube,
damit Leben und Tod miteinander winterschlafen,

bis den grauen Tagtraum weiß erhellt die Nacht,
Flocken tanzen, wenn in die Verjüngung des Kindes
mündet die müde Zeit,

denn allen Beginnenden bringt die Anmut,
was sich im Abschied zur Weisheit wandelt.

VORLÄUFER DER VÖLKER

Volk Israel, mit deinem Vorläufer
auf all den Wüstenwanderungen,
einer Wolkensäule, die dir vorausging,
wofür bist du nicht selber zum Vorläufer geworden
in den viertausend Jahren?

Wohin hast du uns nicht geführt?
Was schwebt uns jetzt nicht alles vor:
Gelobtes Land, Wüste, Fata Morgana.

O könnten wir nicht, nüchtern wie damals,
es dabei bewenden lassen,
daß die Wolke wiederum Wolke ist,
ein Denkmal des Himmels,
das zwischen unseren Augen hängt?

EPITAPH FÜR FELIX BRAUN

Viele Jahrzehnte lang schwanktest du,
ein schiefer Turm, in klassisch schöner Ordnung
erbaut auf dem Schwemmland eines wild gewordenen
  Zeitstroms,
das Haupt ausweichend zur Seite gebogen,
ein Fall, der selber nicht fällt,
denn du wußtest von größeren Plänen,
von der bekrönenden Laterne
mit dem Licht der Welt,
Signal über dem Sturmmeer.

Und du wußtest von strahlenden Stimmen,
die uns, durch den Erdkreis gefiltert,
nur zur Stimmung ermäßigt erreichen,
du selber, von Stimmungen heimgesucht,
hinter denen du die unerhörte Stimme ahntest,
welche dich aufrief zu deiner Kunst.

Wie vieles fand in dir, du Vielbewanderter,
heim in dein himmlisches Österreich,
in die Heiligen-Stadt
mit ihrem Karl-Marx-Hof, deiner Nachkriegsbleibe:
Wenn du abends zur Maiandacht hinüberschwanktest,
Maiandacht unter verblühten Frauen,
und wenn deine Stimme, Nachklang Tassos,
einen schlanken warmen Zypressenschatten warf
ins wirre Rosengeheck dorniger Litaneien
oder du dein Lächeln schenktest über die Poesie,
dieses Mauerblümchen am babylonischen Turm
der Sprachenverwirrung.

SOLANG

Solang sich das Wasser
Steine in den Weg legt,
solang die Steine sich selber
Wasser aus dem Weg räumen …

Solang der Windbruch
dir Prügel vor die Füße wirft,
solang die Prügel dich vor Einbruch
in den Weltsumpf retten …

Solang sich die Wurzeln,
den Fels umschlingend, festseilen,
solang die Felsen in den Wurzelschlingen
noch gesichert hängen …

Solang ein Vogel erschrocken auffliegt,
wenn ein Stein herunterpoltert,
solang sich das Gesetz der fallenden Schwere
in die Steigkraft des Flügels verwandelt …

Solang eins das andere hindernd
die Reibung zeugt, die zeugende Macht:
solange haben wir die Zeit.

DER UNGLAUBWÜRDIGE

Wieviel läßt man uns durchgehen?
Flegeljahrhunderte, Fehlentwicklungen
von Kontinenten, unausstehlichen Dünkel
von Heilsbotschaften, dumme Besserwisserei!

Wenn man von einigen Sintfluten und
lokalisierbaren Weltuntergängen absieht,
ist's die perfekte antiautoritäre Erziehung
seit vielen Jahrtausenden.
Wer glaubt da so sehr an uns?
Und warum glauben wir nicht
an den Glauben, der an uns glaubt?
Kennen wir uns besser?
Wann werden wir begreifen, o du Unglaubwürdiger,
daß unter Freien, zwischen uns und dir,
gar keine andere Beziehung bestehen kann
als der Glaube?

BERNSTEINGELBER OKTOBER

In geschmolzenem Bernstein
ist die Welt jetzt gefaßt.
Niemand kann mehr auf den anderen
einen Schatten werfen.

Mit dem Ruderschlag seiner Ohren
hält sich das Reh aufrecht
in dem zähen Lichtschaum.
Ein Fischschwarm aus Blattgold
schnuppert an seinen Lenden.

Nur hoch oben im kahlen Geäst
die Krähen umkrallen ihren trockenen Schatten,
wetzen ihn zwischen den Beinen
krächzend blank für den Schnee.

ALS OB

Als ob das Schilf
mit seiner Quaste den Wind streichelt,
wenn der Wind über das Gras hinwegstreicht.

Als ob das frostsilberne Barthaar des Schilfs
den Novembertag heller durchleuchtet,
als die nebelwogende Sonne es noch vermag.

Als ob die Schönheit der Frucht
und die Blüte der Schönheit
Spiegelbilder wären, die im Fluß der Zeit
einander ins Gesicht schauen, Anfang und Ende.

Als ob der Samen wie ein Segelflieger
mit dem Aufwind rechnet,
lange bevor er sich erhebt.

Ist es nicht so, als ob wir nur
in solchem „Als ob" ein schützendes Dach
überm Kopf haben und ein Fenster
hinaus in die Welt?

BEIM TREPPENKEHREN IM HERBST

Wen willst du mit deinem Kehren eigentlich
bekehren,
herrscht mich der Wind an und bläst mir das
Laubgewölle
des Herbsts vor den Besen, den ich soeben befriedigt
in die Ecke stellen will.

Höre, doziere ich in den Wind:
Alles Tun ist ein Übersetzen
aus deiner Sprache der Zeit, des
dürr raschelnden Laubs, in die zeitlose
Verschwiegenheit geschlossener Formen.

Unser Bestes antwortet
der Mimik der Dinge
mit der Gebärde der Hand,
eine Verständigung unter Taubstummen ohne Lüge.

Hier mit meinem Strohbesen schäle ich,
wenn auch nur bis zum nächsten Windumdrehen,
an einigen abgetretenen Gartenstufen
die Raumkante frei, jene Kanten,
aus denen auch die Pyramiden erdacht sind.

SEPTEMBER IM ZEICHEN DER JUNGFRAU

Beerdigt haben wir die Sonne in Kellern und Kasten,
sie bekränzt mit gekörntem Gold.
Alle Wandlungen sind jetzt vollbracht.
Im Kehraus des Winds zwischen Kahlheit und Fülle
ist das Jahr mit sich ins reine gekommen.
Dürres Laub und pralle Frucht fallen gemeinsam.

Doch da kann es geschehen,
daß die trächtige Erde nach der Entbindung der
Garben
dir auf leergefegter Tenne,
auf der Brache verkanteter Schollen unerwartet
ein anderes Gesicht zeigt, verschleiert im Morgennebel,
in der Erstlingserwartung fast schon wieder ein
Mädchen,
heimgekehrt in die Knospe des Anfangs,
wo sie — wie ehemals — ihre stolzen Tage hat
als Schwester aller Wesen,
und niemand es wagt, an ihrem Schleier zu rühren.
Denn der Herbst ist der Anfang
aller unvollendbaren Dinge.

WEIDE, ÜBER DEN FLUSS GENEIGT

Was die Wurzel säftigt,
unterspült den Stamm,
was die Krone kräftigt,
stürzt sie in den Schlamm.

Untergräbt die Welle
auch den Stand und Grund,
schafft sie doch zur Stelle
Schlick gegen den Schwund.

So begünstigt wie bedroht,
noch im Sturze wachstumsrege,
spiegelt sie sich jahrlang schräge
silberhell im eignen Tod.

FLACHS

Kämme, riffle, lös die spröden Späne
aus dem herbstlich dunklen Bast,
bis du dann des Sommers blonde Strähne
zwischen deinen Fingern hast.

Ob auf Linnen wir in Nächten lodern
in dem Brand, den nur das Dunkel stillt,
ob in Linnen wir zuletzt vermodern,
überall sind wir vom Licht umhüllt.

RAUHREIF

Was dort dämmerfahl
schwelt in Niederungen,
ist doch schon durchdrungen
von Gesetz und Zahl.

Auf den Weiden Berberitzen
tanzen mit sechs Spitzen
des Kristalles Klangfiguren.

Durch den Nebel führen Spuren,
wie sie nur die Klarheit kennt:
Hauch wird Ornament.

KRISTALL ALS TALISMAN

Widerstehend hart dem Harten,
zart durchlässig für die Zarten,
leuchtende Weltinnenseite,
gegen Tausch und Trug gefeite,
nichts, was diesen Raum entnehmbar wäre,
nichts hinzufügbar in seine Leere.
Staub der Sterne, heimgekehrt
in des Lichts Kristallgefährt.
Form sein Inhalt, uns zu rüsten:
Bundeslade in amorphen Wüsten.

ALPENSEE ODER DIE GROSSE TÄUSCHUNG

Gestern den Schein
der Sonne verdoppelnd
Abbild und Sein
freundlich verkoppelnd.

Heute im Zwang
der Sturmeseile
flutend entlang
der Uferzeile,

über Nacht wie verhext
zum Fluß, der verrinnt,
zum Strom, der wächst
wütend und blind.

Aber seh ich nicht
leibhaft dieses Strömen?
Mißtrau dem Gesicht,
glaub nicht den Schemen.

So neckt und narrt
mich die stehende Welle.
Obwohl sie verharrt
an Ort und Stelle,

wird es dem Schwingen
um bleibende Mitte
immer gelingen
zu täuschen, als glitte

ins Unbegrenzte
ein stetiges Fließen,
wo Felsen aufs engste
den See umschließen.

LYNKEUS, DER TÜRMER IM JAHR 2000

Das Gesehene sorgfältig sichten,
Unsichtbares treu im Sinn behalten,
so, verschworen den Gewalten,
die das Dunkel bis zum Licht verdichten,

hüt ich tausend Jahre lang
Aug- und Menschenmaß im Turm.
Doch seit jenem Bildersturm
ist mein Aug' vom Staube krank,

krank von Radars, Zielfernrohren,
alldem, was den Turm bestückt,
krank von dem, was siegend wir verloren,
seit wir in den Himmel vorgerückt.

Fern und Nah verwachsen unvermeidbar
in ein undurchdringlich fremdes Ding.
Bin ich selbst davon noch unterscheidbar?
Wann durchbrech ich diesen Schicksalsring?

O einziger Dienst, zu dem ich tauge:
unbewaffneten Blicks mit freiem Auge
erobern wie eh und je
das Schöne im Wald und im Reh.

WELTMUSIK

Anbeginn im Kalk, im Quarz,
wenn das schwingende Atom,
kundig seines Widerparts,
baut als Tanzfigur Kristall und Dom.

Auch das Flüssige ruht auf Sequenzen:
Flut und Ebbe. Rhythmisch schwingt das Meer,
schraubt des Wellenspiels Frequenzen
in den Puls, ins Blut und ins Gehör.

Immer freier öffnen sich die Lungen.
Flossen werden Flügel für den Wind,
bis der Vogelkehle es gelungen:
Luft und Leben stimmig sind.

Was im Sturm begann
auf der Felsengabel,
goldet jetzt der Hahn,
Daseinslust im Schnabel.

Schwingendes, es tönt
nur von dem, was ist,
erst die Sprache frönt
allem, was man nicht ermißt.

Was die Luft ornamentiert,
fügt sich in das Ganze ein,
erst der Sprechende halbiert
diese Welt in Ja und Nein.

Sang entsühnt das Wort
und ein kluges Funkeln,
Licht, erschaffen vom Akkord,
ist nicht zu verdunkeln.

DIE GESCHICHTE DER GEIGE

1.

Nicht Mitleid war es.
Doch wie er das Unglück sah, hier am Wegrand,
Reste vom Mahl des entflohenen Räubers,
ausgeschlürft und hohl, Schildkrötenschale,
und daneben ihr unverdauliches Gekröse,
da lächelte er, der Gott des Auswegs, Hermes:
Der Tod war in eine Falle geraten.
Wie nun Hermes das Gedärm um die leere
  Körpermulde spannt,
findet das tote Tier eine Stimme, findet den
Steg zum Leben nach dem Tod, zur absoluten Musik,
die anhebt mit der Auferstehung einer Kröte.

2.

Wie fanden sie zusammen?
Die Wölbung – zweimal gehüftet,
Urbild des Weiblichen –
und des Schützen Waffe, die gestraffte Bogensehne?
Hier der Sonne Kreisgang, Pumpwerk der Ekliptik,
formend die Säfte zur Rundung der Körperhöhlung –
dort die Rute des biegsamen Asts.

Ruhe und Bewegung liebten einander
und zeugten als Geige den Klang.

BEETHOVEN ODER DIE WUT ÜBER DEN VERLORENEN GROSCHEN

Was hast du nicht alles verloren,
sehr früh die Mutter und die rheinische Heimat.
Dann auf deiner ersten großen Partitur
den Namen deines demokratischen Ideals: Napoleon.
Dann die Schlacht bei Victoria, verloren
in einem Machwerk, das dir den größten Ruhm
einbrachte.
Verloren die Zeitgenossenschaft,
diese pragmatische Montage der Schicksale,
so daß du niemandes Zeitgenosse warst,
weder Goethes noch E. T. A. Hoffmanns.
Verloren die Geliebte,
verloren an die Unsterblichkeit deiner Leidenschaft,
verloren den Neffen
an das leicht verderbliche Blut deiner Familie,
verloren alles Erinnern an das Detail
des Guten und Bösen, und wie sich's mit uns und in
uns verklammert,
verloren das Gehör, verloren ohne Wut,
die Wut galt dem Groschen, nicht dem Vermögen,
denn was hast du nicht alles verloren,
um dich zu verlieren an das Eine,
bis dein größter Verlust dir die Musik zum Organ schuf,
jene Stille zu vernehmen,
in der sich das Schweigen des Todes verklärt.

MOZART – ORPHISCH

Ein Tänzer war er, und das innre Zählen,
die geometrische Figur, lag ihm
im Blut wie sonst nur Linien und Rosen.
Die Klanggebärde wuchs zur Symmetrie.
Was sonst auf tiefrer Stufe nur kristallisch
verborgen in den Kreaturen haust,
hob er empor zur klingenden Textur
in die Beredsamkeit des Intervalls.
Spiralig öffnete sich ihm die Seele
und nahm des Quintenzirkels flachen Kreisgang
in bisher unerschlossne Höhen mit.
Mit solcher Urgebärde der Entfaltung,
der federnden Chromatik seines Flügels,
gemustert mit dem Kontrapunkt zur Schwerkraft,
entschwebt sie auf der Skala, jener Leiter
von Jakobs Traum, betretbar nur für Engel,
ein Menschheits-Erstling in der Eintracht zwischen
dem heilgen Kult und heitrem Spiel, damit
auch wilde Tiere Freude fühlen und
sich Musenengel mit den Eumeniden
als polyphone Partner in g-Moll
erstmals und reulos schön ins Fatum finden.

Noch weiter drängt's ihn, weiter in die Höhle,
wo längst erstarrt zum Säulenfuß die Schlange,
verringelt in ihr eignes Ornament,
den Schaft der Finsternis des Bösen trägt.
Kaum dringt sein Mundhauch in ihr kühles Gähnen,
da schiebt sich Ring um Ring hervor, und von
dem Drehgelenk der Schuppen wird der Leib
in immer prallre Glieder ausgemustert.
Unbändig pumpt das aufgescheuchte Tier
Segmente aus dem Vorratsschlauch der Wut,

bis jäh emporgesteilt ihm dann entschäumt
das Todessperma, Gift des Nein, die Quint-
essenz der Widerrufung. Doch Tamino,
bestärkt vom Flötenrohr in jener Gunst
der atmenden Musik, haucht seine Sanft-Mut, bis
der Schlangenleib, nicht mehr vom Nesselreiz
der Töne bebend, sich gemächlich einschwingt
und mit erwachtem Ornament der Haut
begehrlich in der Spiegelung der Muskel
umwirbt den Klang. Im Lauschen angeschmiegt
an diese unsichtbare Kurvenhülle –
die Pantomime aller Paarung –
wird hörig, was sich mit dem Nein verwehrt hat.

Sind wir nicht schlechtere Hörer, wenn wir bloß
das Ohr dem leihen, was den Körper ganz
durchwogt? Und sei's die flüchtige Gebärde,
wie einer Brot bricht oder zum Gespräch
das Kinn hebt: so prägt Größe die Erinnerung,
Charakterzüge aber bleiben kleinlich.
Und hilflos steht die Anekdote vor
dem Vogelfänger, der am Wiener Naschmarkt
im bunten Narrenrock wie jener andre
in brauner Kutte seinen Vögeln predigt.

VERSCHOLLENE INSEL

Umstrickt vom Netz der Schiffahrtsrouten
beharrt sie karstig auf den Tod,
bleibt taub, wenn Kutter nächtlich tuten.
Auch auf das Wellenangebot

des Südsturms rümpft sie ihre Klippen,
pafft höhnisch aus der Meerschaumpfeife
Salzblumen und verätzt die Lippen,
weil sie nicht will, daß man sie greife.

Nur sie bestimmt die Landungszeit:
Von ihr ein Seilzug der Liane
glockt Duft über dem Rettungskahne

der Kokosnuß, zeigt sich bereit,
zu löschen um den Preis der Nacht
des Flammenmeeres Morgenfracht.

SPÄTZEIT AM SEE

Jetzt kommt nur noch Verzögerung in Gang.
Als Zapfen hängt die Quelle in den See,
und droben auf der breiten Wolkenbank
verliegt sich Luft zu dicken Flocken Schnee.

Vertrau, vertraue auf die graue Windin,
und wenn sie durchs verfrorne Röhricht wolft,
gib dich als altes Fallaub ihr gelinde hin,
damit sie dich in eine Nische golft.

Nur drunten bei den Fischen unterm Eis
behaucht das Leben bis zu seinem Ende
mit Mundvoll Wärme noch die toten Wände,

schlägt mit den Flossen, schlägt und zuckt,
ein Trommler, der auch noch im Todesschweiß
vorangeht seinem eigenen Kondukt.

MATHEMATISCHES PARADIES

Wir Engel hassen den Musikkommerz,
blähn nicht den Kehlsack auf zur höh'ren Ehre.
Wir schuften nicht auf musischer Galeere
im Frondienst eines himmlischen Geplärrs,

an dem sogar der Höllenlärm verpufft.
Wir, denen ER das Friedenslob geboten,
erlösen auch die letzten Wellenknoten,
befrieden endgültig sogar die Luft,

bewahren sie vor des Gefühles Seuchen,
denn Gott ist eine unbekannte Zahl,
die wir nur im Unendlichen begleichen.

Doch jenes Tier, das mit dem Ringelmal
ehmals die Null verstand hereinzuschleichen,
dient uns als Schlangen-„S“ fürs Integral.

BAUM AM ABHANG

Auch auf krummen Zeilen schreibt er grad,
macht Verborgenes buchstäblich sichtbar:
Solcher Widerspruch bleibt unverzichtbar,
bleibt das Lot-Recht innrer Wachstumstat.

Auf dem Schwungrad planetarischer Rhythmen,
meistert er den unablässigen Anprall,
eint die Kräfte, die polar zerstrittnen,
zu eines Tänzers windbeschwingtem Standmal.

Ob Sturm pfeift, ob die Sonnenscheibe
vibriert im Taumel von Protuberanzen,
zu beiden weiß er simultan zu tanzen,

ist wellenschmiegsam auch mit hölzernem Leibe,
macht faßlich etwas vom unfaßbaren Ganzen:
Das unbehauste Licht fand eine Bleibe.

MÄDCHEN MIT SEIFENBLASE

Seifenstille, sanft versprühte,
modelliert vom Lebensqualm,
aus dem dürren Gräserhalm
wächst der Atemball zur Blüte.

Keusche Küsse an die Lauge
runden sich zur vollen Pracht,
schaukeln zwischen Tag und Nacht
Farbenkreise in das Auge.

Hauchgeborne Form der Sphäre,
in sich kreisend, in sich mündend,
von der Weltenkugel kündend:

Weh, der Zuspruch stockt! Sofort verpufft
unser Seifenball ins Leere:
platzt am Gegenstand der Luft.

NACHWORT

Dichtung ist eine der möglichen Antworten auf Welt und Umwelt. Der fühlende und denkende Mensch schafft — derart gestaltend: Sprache, Syntax, Wortgebrauch verdichtend — seine Ein- und Ansichten um: in Gedichte. Ich habe es vergessen, wer es, zu Beginn des 19. Jahrhunderts, gesagt hat, es vorausverkündete, daß alles annoch Fremde und Sperrige dereinst Material für Gedichte abgeben würde.

Kampflieder und Preisgesänge, Liebeslieder und Balladen, die ehrwürdigen und mitunter auch verstaubten Formen (und Inhalte) unserer glorreichen Literatur, deskriptiv wie Lukrezens Lehrgedicht, psychologisch-selbsterfahren wie Goethes, Shelleys, Keats Lyrik — dem Liebhaber und Kenner sind sie alle, diese wundervollen Kunstwerke der Sprache, ein unverlierbares Erbe. Und auf den Vers-Bahnen der sensibelsten Menschen dringen wir, von Strophe zu Strophe, mit Hilfe der Metrik oder befeuert von freien Rhythmen, in Bereiche ein, die nach Jahren und nach Jahrhunderten immer noch betret- und erlebbar sind, eben weil deren Entdecker, Urheber und Erforscher uns das Wortzeugnis ihrer Schöpfung überlassen, im Maß vererbt haben. Das vergangene Gedichtete ist uns vertraut: das neue Gedicht, das sich noch keine Bahnen in die Neuronenkomplexe unseres Gehirns gegraben hat, ist eben erst dabei.

Wenn jener, an dessen Namen ich mich nicht erinnere, davon sprach, daß alle Ergebnisse der Chemie, der Biologie, der Botanik, der Physik, ja der Mathematik „dereinst" Stoff von Gedichten sein werden, so war das eine Prophezeiung, die sich jetzt erfüllt.

In unserer deutschsprachigen Lyrik ist das Reich der Psyche sehr wohl ausgeschritten: wir wissen, wie die Labyrinthe des Ich sich nach allen Richtungen hin ausbreiten und nicht nur nach einer Dimension wachsen. Aber das bloß Chaotische einer Person, sosehr wir genötigt sind, es zu disziplinieren, ist uralter, ewig gleicher, ewig ähnlicher Stoff, der nur einem Heranwachsenden, dem, der eben erst offenen Sinnes in die Welt tritt, neu und reizvoll erscheint. Dieses Ich, unsere einzige Erfahrungsquelle, ist jedoch keineswegs auf sich und seine Reaktionen beschränkt. Die Mehrzahl der Physiker ist etwa davon überzeugt, daß sich das Weltall ständig nach allen Seiten ausdehnt, und dafür geben sie Gründe an und Beweise. Die Sensitivsten unter den Lyrikern, Männer wie Franz Richter, fühlen daher die ungeheure Erweiterung, diese größte aller Spannungen: die Spannung zwischen Mikro- und Makrokosmos. Sicher, immer stand der Dichter in einem realen Spannungsfeld — Homer, als er die Odyssee, Vergil, als er die Georgika, Lukrez, als er sein Lehrgedicht schrieb. Aber, war es nicht vielleicht doch leichter, jene, uns heute so natürlich und realistisch erscheinenden, Spannungen ins Gedicht zu übertragen? Jene Welt der Hirten und Bauern, der Könige und Priester, der Götter und Heroen. War es nicht in Wahrheit natürlicher, die empfundene und naiv gesehene Natur nachzuschaffen? Zwischen dem rein Erlebbaren und dem Traum, der Utopie, der Illusion gangbare Brücken zu schlagen, im Vers, im Gedicht? Als Beschreibung nicht genügte, trat man in die Tiefen und Untiefen des Ich; der Zauber der Dinge und die bezaubernde und dämonische menschliche Person, sie gaben noch lange Stoff und Form für treffendes Sagen des Gedichtes, für die lyrische Fixierung, die Beschwörung des Unsagbaren.

Nun aber, da der Mensch *weiß*, daß Materie im Grunde Energie ist, die Rose nur rot ist, weil wir sie so sehen; das Gebirge nur starr und fest, weil unsere Augen kein Elektronenmikroskop sind; nun, da wir *wissen*, daß nichts so ist, wie wir es mit unseren Sinnesorganen, ja mit unseren Nervensystemen uns vor-, ein- und nachbilden, welchen festen Grund hat der Dichter, welche Aussage hält, welche Einsicht *darf* er weitergeben, als Spur, als Fährte, als Besitz? Was noch stiften die Dichter, da nichts mehr wahrhaft bleibt? Alles, buchstäblich alles, immer fort aufs neue geschaffen werden muß: durch Denken und Tun, durch Handlung und Besinnung. Was von den Vätern erworben wurde, erwerben wir's, ist's schon ein Neues, ein noch nicht Bekanntes, ein Unbekanntes, ein erst zu Ertastendes . . . Technik, Wissenschaft, Basis und Ziel unserer Welt, sie fühlen nicht. Beide haben den luftigen Traum poetischer Gefühle längst hinter sich gelassen, sie nicht achtend, ja nicht einmal verachtend. Unsere Welt besteht aus Myriaden von Fakten, und wir schaffen täglich, stündlich neue. Et ego in Arcadia? Goethe vermochte das noch guten Gewissens zu sagen. Welches Arkadien ist uns noch offen? Die künstliche Beschränkung auf eine moderierte, humanisierte verengte Gefühlswelt des Schönen? Das ausgleichende Reich der schönen Seele? Einer beruhigten Seele? Da die Welt birst, brennt, sich auflöst, neu gestaltet, fühllos, tödlich, unbarmherzig? Da nun alles Gewußte Gültigkeit hat und auch Vorrang vor jedem bloßen Gefühl?

Der Dichter hat heute wie immer die schwere Aufgabe, die Welt von Grund auf neu zu schaffen. Aber nicht bloß aus seiner Phantasie, aus einer Illusion — ein solches Arkadien existiert nicht mehr, kann nicht mehr existieren. Was ihm vorliegt, ist das gleiche, ja dasselbe Material wie dem Wissenschafter: diese sich nach allen Seiten, Dimensionen, Tiefen und Untiefen hin erstreckende Welt. Und wenn er etwas stiftet, so ist es Zusammenhang und Ordnung fürs Jetzt und Hier. Auf eine bleibende, dauernde Ordnung, die uns so lange vorgespiegelt wurde, kann er nur hoffen und, wenn er ehrlich ist, wird er nicht hoffen.

Das Gedicht ist die Momentaufnahme der totalen Existenz, nicht nur des Ich, der Existenz der umfassenden dynamischen All-Welt. Soweit, sowie er, der Dichter, sie erlebt.

Und da begibt sich das Wunder, das Geheimnis, das öffentlich ist und jedem einsichtbar. Die getrennte, in viele hundert Disziplinen aufgefächerte, zerteilte, vereinzelte Welt wird wieder eins. Das Organische eint sich mit dem sogenannten Leblosen, das Rationale mit dem Emotionalen, Außen wird Innen, Innen wird Außen.

Franz Richter: *Gleichviel zählt / auf der Waage des Weltgerichts / die Lösungskraft der Ozeane / und die Lösungsbereitschaft eines Körnchens Salz.* — Das meine ich mit dem offenbaren Wunder und dem öffentlichen Geheimnis: im Gedicht werden alle Etiketten der Philosophie, der Wissenschaft, der Technik, des Sozialverhaltens überflüssig, ja nichtig, sie werden aber auch aufgehoben im Sinne Hegels: es ist nicht bloß Pantheismus, oder Panentheismus, es ist mehr; das alles, und doch mehr, wenn Richter dichtet: *Immer kleiner wird das Unteilbar Kleinste / unfaßlich für meine Finger / Immer größer wird das Größte-Ganze / unfaßlich für mein Auge / Immer unerträglicher wird die Spannung / zwischen dem Kleinsten und Größten in meiner Brust, / bis wir wissen, daß wir beides sind: Sternenstaub.*

Unsere anthropomorphe, ich-bezogene Eitelkeit ist mit unserer Existenz verbunden — unlöslich. Aber ist es nicht sehr viel, sehr viel mehr, als vom Menschen zunächst erwartet werden kann, wenn wir einsehen, daß Trennung und Tod nur durch uns in diese Welt gebracht werden, und wir in Wahrheit eins sind mit allem, was war, was ist, was sein wird? Vielleicht sind wir nicht viel mehr als ein Organ der überaus komplexen Myriaden von Galaxien, deren Absicht es sein könnte, sich selbst, durch uns, zu fühlen, zu erkennen, zu begreifen? Das wertet den Menschen nicht ab: *Komm, scheu nicht zurück*

/ Wo sonst noch fände der unermeßliche Himmel ein so überzeugendes Modell seines Umgreifens / wie in unserer Umarmung?

Vielleicht ist Zärtlichkeit und Liebe die Findung und Erfindung des Menschen, die ihn einzig rechtfertigt. Die Spur davon, hält Franz Richter fest. Hier, in diesem tiefgefühlten und tiefgedachten Lyrikband *Auf der Atembrücke von Alpha zu Omega.*

Alexander Giese

INHALT

I

IV